Eva Strittmatter

Die eine Rose überwältigt alles

Gedichte

Aufbau-Verlag

Erinnerungsbaum

Bilder wurden in mir einst belichtet,
Die werden niemals nach außen dringen.
Sie sind mit dem Brom des Vergessens beschichtet.
Verworfen als Abfall. Nicht zu bezwingen
Mit Worten, die sagbar sind.
Nur zu verschweigen.
Jähe Bewegung: von fernher ein Wind
Wirbelt in den Erinnerungszweigen.
Die waren früh grün mit Gefühlen belaubt.
Und sind nun grau von Erfahrung verstaubt.
Eine Taube fliegt auf aus dem Baum, und sie spricht:
(Türkisch.) Ich rufe. Hörst du mich nicht.
Sie will mich erinnern. Doch ich weiß nicht, an wen.
Irgendwann irgendwo irgendwas ist geschehn.

Petschora-Höhlenkloster

Petschora – zuerst ist das Erdbeerrot.
Ein Wort, das knarrt, und dann Höhlengänge...
Verwandelt sich hier der berüchtigte Tod
Noch immer in Weihrauch und sanfte Gesänge?
Geordnete Wirtschaft. Man siehts an den Wegen.
Und frisch gekalkt ist das weiße Gemäuer.
Eisgraue Weiblein beim Harken und Fegen:
Der Segen der Mönche ist ihnen teuer.
Die alten Klänge aus alten Farben:
Weiß, blau und gold und das Erdbeerrot.
Grün alten Kupfers. Die glaubenslos starben,
Starben auch einen farblosen Tod...
Keine Visionen vom Paradies,
Das, irdisch erschaut, *so* aussehn müßte:
Freude aus Farben. Der *Heiland* verhieß
Jenseits des Zeitmeers blühende Küste...
Stille geht ein und aus trotz der Leute,
Die um den *Guide,* ihren Leithammel, rammeln
Und die touristische Augenbeute,
Als Beweis ihres *Hierseins,* in Kameras sammeln...
Die Mönche malen nach *Pskower Schule*
Ikonen, die *fast* wie alte aussehen:
Der *Himmlische* schwebt auf dem Wolkenstuhle,
Während auf Erden *Dinge* geschehen...
Die keiner versteht. Nur gemalt zu ertragen:
Ganz kleine Krieger auf ganz kleinen Pferden
Reiten in Schlachten, ohne zu fragen...
Menschliche Hirten mit menschlichen Herden...

Die Massen gestaltlos: Woge im Meer.
Die Schädel als Wellenbewegung darüber.
Etwas Vergangenes reicht zu uns her...
Und etwas von uns reicht ins Finstre hinüber...
Aber die Lilien, die violett dunkeln!
Irdische Weisheit: verwandelter Sand.
Auf dem noch des Maimorgens Frostspuren funkeln:
Das Vergänglichste hält der Vergänglichkeit stand.

Die Raben

Die Seele des Schnees hat ein Rabengefieder.
Auf dem höchsten Baum im Wacholdergrund
Lassen sich zwei Kolkraben nieder
Drei Viertel vor Nacht. (Zwischen Wolf und Hund.)

Sie sitzen auf des Gipfels Gipfel.
Dreißig Meter hoch mag der Baumtorso sein.
Der Wind stürzt eisig über den Wipfel.
Die Raben halsen und wiegen sich ein.

Die Alte erzählt

Hier war einst Hochwald, als wir herkamen.
Reifpilze gabs mit perlmutternem Hut.
Dann hat man die Kiefern heruntergeschlagen.
Sah aus, als wäre ein Dämon in Wut
Geraten. Später hat man die Äste
Und das mißliebige Strauchwerk verbrannt.
Die Landschaft war, was sie wirklich ist:
Woge in einem Weltmeer von Sand.
Auf dem Kahlschlag hat man Furchen gerissen
Und neue Kiefernpflanzen gesetzt,
Kaum größer als die falschen Morcheln,
Die dem Sand entkeimten. Wo jetzt
Zweimannshohes Dickicht drängt,
Verpicht gegen jeden Einbruchsversuch,
Dessen Wände nur das Wild aufzwängt
Beim Fluchtsprung vor dem fremden Geruch,
Wuchsen vier Jahre lang Frühlingsmorcheln
Von Schwarz über Braun bis Lila (fast Rot),
Die rochen schwer wie nach Gräbererde,
Und manchem schon würzte die Morcheln der Tod...
Diese Speise haben wir damals gegessen
Mit dem Lustgefühl von Lebensgefahr.
Einmal ist mir das Gift auf die Augen geschlagen...
Wie gewissenlos und wie jung man einst war.

Vergangenheiten

Wie immer die Winterabende:
Dämmerung um fünf Uhr.
Der Zug von Rheinsberg nach Löwenberg
Stöhnt über die stählerne Spur.
Kilometerweit, minutenlang
Hört man das stoßende Rollen.
Die gefrorene Erde gibt Resonanz.
Wie ein vulkanisches Grollen
Von Lava, die kocht. (Magma braust
In noch verdeckelten Trichtern.)
Und über die märkische Tundra saust
Der Zug vorüber den Lichtern
Gesperrter Stationen, die Wohnhäuser sind.
Vorbei sind die älteren Zeiten,
Da stieg ich hier ein, und klein war mein Kind:
Alles Vergangenheiten.

Der Preis

Vor zwei Tagen hat man mir einen Preis gegeben.
Ein Quartett hat gespielt. Bach, glaube ich.
Hundert Leute ließen mit Sekt hochleben
Zu Ehren Heines Villain und mich.
Beim Salatessen hat mir einer gesagt:
N wird sterben. Er weiß es noch nicht.
Wenn er euch begrüßt, daß ihr ihn nichts fragt!
N kam und lobte mein *Letztes Gedicht*,
Das der Laudator C zitierte
Und das von der *letzten Stunde* spricht.
Wie N die *letzten Worte* goutierte –
Als wären sie nichts als nur ein Gedicht...
Da hat mich das kosmische Grauen besessen:
Meine Worte hatten sich wahr gemacht.
Ich ächzte: Laß das! Nicht jetzt! Beim Essen.
Trink! Und wir haben zusammen gelacht.
Dann hab ich zwei Interviews gegeben.
Wie fühlt man sich so? wurde ich gefragt.
Man fühlt, was es heißt, man ist noch am Leben.
Und möchte schrein, habe ich gesagt.
Wir meinten den Preis... Und wie stehn Sie zu
  Heine?
Was bedeutet das *Buch der Lieder* für Sie?
Von tausenden Strophen vor allem die eine,
Die heißt: ich dachte, ich trüge es nie.

Januarabend

Es ist, als ist ein Klingen
In der Luft wie von silbernen Hämmern
Oder sehr fernen Schlittenschellen.
Der Schnee beginnt einzudämmern.
Er wird blau. Der Horizont
Wird gelb und transparent.
Himmel und Erde sind
Von keinem Glauben getrennt.
Rundum alles eins und Schöne.
Schneekristalliner Staub
Reibt reine Silbertöne
Von der Eiche gefrorenem Laub.

Die Söhne

Seltsam, wenn meine Söhne jetzt kommen:
Fahrende Ritter aus dem Jugendland.
Bekannt und auch schon unbekannt.
Verwandt mit mir und nicht mehr verwandt.
Sie haben von meinem Leben genommen
Und es nicht genommen. Ich bin ja doch ich.
Ich vergehe in ihnen und bleibe bestehen.
Ich möchte wissen, wie sie mich sehen.
Sicherlich reden sie über mich:
Die Mutter, sie ist, und sie hat, und sie wollte,
Sie lebt nicht so, wie sie leben sollte,
Ohne Ängstlichkeit, Kleinlichkeit, kurz, rundum
freier.
Sie könnte leben zu ihrer Feier.
Ihre Gedichte gäben hinlänglich Gründe.
Es ist, als ob sie sich selbst nicht verstünde...
Dabei weiß man nie, was sie wirklich denkt,
Und manchmal sieht sie so abgelenkt,
Daß man fragt, wo sie ist? Es scheint, sie ist
weit...

Und sie lächelt so seltsam, als tun *wir* ihr leid?

Landschaft

Die kaum noch sichtbare Wipfelbewegung,
Die der Wind in den kleinen Birken macht,
Die schon fast nackt sind.
Der fliederfarbene Dämmer vor Nacht.
Der feuchte Geruch der gesättigten Erde.
Der trockne Geruch der grasenden Pferde.
Der Mond, der heut einer Quitte gleicht
In Form und Farbe. Das alles
Erreicht mich und erreicht mich nicht.
Es streicht
Vorüber meinem Gesicht
Und den übrigen Sinnen,
Die erst beim Abflug der Eule Erregung
Erfahrn und zu senden beginnen.
Der Wutschrei des Hirsches verlängert den Flügel
Der Eule. Und über die Hügel
Fallen die Keile der Graugänse ein.
In die Landschaft aus Wasser, Wacholder und Stein.

Balance

Arbeit ist das, was ich am wenigsten liebe.
Und dennoch arbeite ich nicht schlecht.
So von Widersprüchen ist alles durchzogen.
Würde mein Leben geradegebogen,
Ich glaube, daß kaum etwas bliebe,
Was eindeutig wäre und lotgerecht.

Ich bin nicht anders als alle die meisten.
Die Unschuld verlor ich im Paradies.
Ich unterliege den Lebenszwängen,
Die mich wie alle alltäglich bedrängen:
Ich will essen und muß dafür gegenleisten
Im Schweiße – wie es *Gottvater* verhieß.

Ich bin aber damit nicht einverstanden,
Daß es schwer sein soll. Ich will es leicht.
Darum übe ich mich, die Schwerkraft zu zwingen,
Übers Seil zu laufen und dabei zu singen,
Um endlich auf einer Wolke zu landen.
Bisher hab ich kaum die Balance erreicht.

Ornament

Bitteres Grün von Nesseln, die brennen.
Brennendes Hagebuttenrot,
Dessen Lockung Drosseln und Amseln erkennen:
Für uns warens Rosen, für sie ist es Brot.

Rosa rugosa streut Pfingstrosenduft
Von fast violetten Blütenblättern.
Ein Spinnwebfaden in goldener Luft,
Den Mücken umflirrn wie arabische Lettern.

Geheimnis arabischer Poesie:
Schreib von rechts nach links, lies von hinten
  nach vorn.
Alles ist Bild und alles Magie:
Die Blüten, die Früchte. Der Duft. Und der Dorn.

Voraussicht

Mein letzter Freund wird der Rosenstrauch sein,
Der vor meinem Fenster steht.
Wenn auch der vorletzte von mir geht:
Der letzte läßt mich nicht allein.

Lieben zum Tode hin ist zu beschwerlich.
Gramgrau, griesig und riecht nicht gut.
Zu sehen, wie schwer sich der Sterbende tut,
Um noch zu bleiben, und ist schon entbehrlich.

Ja, wenn sich noch irgendwo Hilfe fände.
Aber man weiß doch genau: Hilfe ist nicht.
Man lügt ihm lächelnd ins fremde Gesicht,
Und dabei zittern einem die Hände.

Besser, wenn auch der vorletzte geht.
Endlich ist Schweigen, und dann ist Stille.
Langsam zersetzt sich der Lebenswille.
Man sieht, daß die Rose in Blüte steht.

Anfang der Liebe

Wind ist gut. Liebe ist gut.
Nacht ist gut. Wenn die Liebe gut ist.
Wissen möchte ich, ob man die Liebe,
Wenn sie einst aufhört, nicht mehr vermißt.

Oder ob sie uns immer bleibt,
Dunkelnd mit uns in dämmernden Jahren.
Ob uns noch *das* zueinandertreibt?
Werden wir leben und es erfahren.

Jünger fühlt es sich grüner an.
Nichts trifft uns gründlich. Alles ist leicht.
Erst wenn man weiß, daß sie enden kann,
Hat man den Anfang der Liebe erreicht.

Stammbuchverse I

So: sage ich. Nimm die Sonne.
Scheint sie nicht? Doch, sie scheint.
Bist du gesund? Dann lebe!
Wies dich auch plagt und peint,

Was alles unvollkommen,
Welt, wie verworren sie ist.
Hasse nicht. Leide nicht. Liebe.
Denk, daß du sterblich bist.

Licht

Was bleibt im Menschen unwandelbar?
Wie sehr verwandelt er sich im Fleisch!
Man kann nicht glauben, daß *er* das war,
Das braune Kind mit dem sanften Haar
Und dem Lustschrei wie Schwalbenkreisch.

Er wundert sich selber, daß er so verging,
Wenn er sich einmal, was selten ist, sieht.
War es nicht gestern, daß alles anfing?
Jetzt welkt die Hand und trägt einen Ring.
Vergangen ist schon, was morgen geschieht.

Doch etwas in ihm muß unwandelbar sein.
Ein Befehl, eine Sucht oder auch ein Gebet.
Das wacht mit ihm auf und schläft mit ihm ein.
Das wird niemals groß und war niemals klein.
Und ist das, was mit ihm nicht vergeht.

Was das in ihm war, er wußte es nicht.
Unwissend hat er es weitergegeben.
Manchmal schien ihm, es war nichts als Licht.
Und vergänglich waren wohl Leib und Gesicht.
Aber nicht das, was brennt, das Leben.

Juniabend

Kleine Flöte aus Grün: die Stimme der Amsel.
Am Juniabend tönt sie die Zeit.
Die still steht und zittert.
Das Grün ist durchbittert
Von Regen, bis hallend der Wildtäuber schreit
Und läßt die Zeit durch die Kehlwölbung rollen.
Die kleine Flöte verstummt verschreckt.
Doch der Täuber hat mit dem lebenstollen
Ruf das Gewissen der Sonne geweckt.
Das Grün wird entbittert, die Zeit wird bewegt.
Und die Flöte der Amsel wird blau ausgelegt.

Botschaft

Ich habe redlich gestrebt,
Allen gerecht zu werden.
Für Botschaft und Briefe gelebt.
In tausende kleinere Erden
Habe ich Sämlein gesetzt,
Daraus einer ziehen kann,
Wenn ers mit Liebe letzt,
Das Blümlein Ichrühredichan.
Aber ich kann nicht länger
Samen für Topfpflanzen spenden.
Ich bin nicht jedermanns Sänger
Und muß die Kurrende beenden.
Wortbäume hab ich zu zeugen.
Deren Wurzeln Stürme bestehen
Und die sich Winden nicht beugen.
Zeit soll in ihnen vergehen.
Einst werden sie Schatten geben
Zum Zeugen, Lieben und Sterben.
Jetzt aber laßt mir mein Leben.
Als Wortwald sollt ihr es erben.

Tuschzeichnung

Asiatisch ist der Abend.
Wie gedacht und hingetuscht.
So: stahlblaue Wolkenwälle.
Und der Bach, der überbuscht
Ist von Erlen, spiegelt Feuer,
Das den blauen Berg beleuchtet.
Und die Wiese ist vom Nebel
Wie mit weißem Seim befeuchtet.
Silhouettenbaum, verzweigt,
Drin die Amsel Töne trennt.
Und der Abendstern entsteigt
Bleich dem Feuer, das ihn brennt.

Bürde

Meine Gedichte soll man nicht bei Banketten,
Sondern in der Küche beim Kochen lesen.
Ich sympathisier nicht mit Sekt – Etiketten,
Sondern mit Schrubber und Besen,
Mit billiger Blutwurst und Schalkartoffeln
Und der Einfalt, die von Taktik nichts weiß.
Ich stamm eben her von Hansen und Stoffeln
Und achte den wirklichen Schweiß
Noch immer mehr als den sublimierten.
Ich vergesse die Frauen von Uhsmannsdorf nicht,
Die in die Schlünde der Glaswanne stierten:
Hölle aus Hitze, Lava und Licht.
Vor ihnen hatte ich abends zu lesen...
Was wohl von ihrem Leben bleibt?
Wenn es süß war, ists Mühe und Arbeit gewesen?
Wie ist *ihre* Wahrheit und wo, der sie schreibt?
Ich bin es nicht. Es ist nicht die meine.
Mein Leben ist leichter. Oder anders schwer.
Und dennoch geschah es, daß von ihnen eine
Und die andre sagte: wir verstehen Sie sehr,
Sie sagten das, was wir sagen würden,
Wenn wir es sagen könnten so wie Sie...
Ihre Worte gehörn zu den härtesten Bürden,
An denen ich trage. Noch weiß ich nicht, wie.

Stammbuchverse II

Das Süßeste ist die Einsamkeit,
Noch süßer als die Liebe,
Die zwei in eins vom Eins befreit,
Damit ein Drittes bliebe.

Weihnacht

Gebenedeite Dunkelheit
Des Weihnachtsabends. Heilig, heilig!
Engel lobsangen einst. Die Zeit,
Da sie lobsangen, sie ging eilig
Vorbei. Schön war der Farbenschein,
Der aus den Kirchenfenstern schien.
Und Weihnacht hatte Schnee zu sein.
Das bunte Licht ließ ihn erblühn.
Da blühten Rosen überm Schnee
Und trieben hin im Orgelwind.
Und Lilien gelb und blau ein See,
In dem die Fische golden sind.
Und Grün, der Lustlaut neben Rot,
Nach dem die Orgel aufwärts jagt,
Eh sie ihn fängt im Jubeltod
Und eine Stimme *Amen* sagt...
Alles in eins und unverstanden.
Nur Farben, Töne, Wortgeruch:
Drei Mohren kamen aus *drei* Landen.
Ein Stern stieg auf aus einem Buch
Und stand sehr sichtbar uns zu Häupten.
Wir hielten ihn mit unserm Singen,
Bis daß die Schneerosen zerstäubten
Und wir ins Dunkel heimwärts gingen.

Mobile

Der Seidenglanz auf grauem Gras,
Das den Winter überstand,
Ist falb bis blond.
Vom März besonnt.
Im stillen spürt man schon etwas.
Vor allem, weil die Mücken schwärmen:
Ein *Mobile*, das *wirklich* lebt.
Die Sonne fängt schon an zu wärmen.
Das graue Gras wird grün durchstrebt
Von kleinen Kräften. Und aus Sand,
Aus Sonne und geheimen Säften
Braut sich ein Rausch und reißt das Land
Zum Tanz und zur Begattung hin.
Das sind die Tage vorm *Beginn.*

Mondrose

Komm in mein Zimmer, wenn Mondlicht ist.
Es hat sieben Fenster mit Seidengardinen.
Die werden vom vollen Mondeslicht
Wie Rosenblätter durchschienen.

Das bin ich sicher: du hast noch nicht
In einer Rose gelegen.
Wir lassen uns vom Mondeslicht
Im Innern der Rose bewegen.

Fliederort

Weggehn. Es gibt eine Stelle:
Am Fliederort im Auenwald
Abwärts zu einer Quelle,
Vom Schrei des Fischadlers kalt.
Da kann ich nicht vorbeigehen
Ohne das wilde Verlangen,
Mich verschwinden zu sehen
Und das Leben von vorn anzufangen.
Hinter mir schließen verschwiegen
Birken und Erlen das Holz.
Dann Tannendüster. Verstiegen
Ist der menschliche Stolz:
Alle Jahre gibt es hier wieder
Wildglockenblumen aus Blau
Und früh die gespindelten Lieder
Der Lerche über dem Tau
Und Faulbaumblütendüfte
Zu ihrer bestimmten Zeit,
Narkotisch werden die Lüfte,
Gewichtlos Lust wie Leid.
Und abends entgeistern weiße
Gespinste dem schwarzen See.
Vergäße ich, wie ich heiße...
Ich vergesse es nicht. Ich geh
Zurück auf niemandes Wegen
Durch rötliches Reihergras,
Auf das sich die Nebel legen:
Zitternde Prismen aus Glas,

In denen sich Zwielichter brechen,
Die sinken und steigen: schon Mond,
Noch sinkt die Sonne: nicht sprechen.
Nichts, was zu sagen lohnt.

An meine polnischen Freunde

Nun macht der goldene Abenddunst,
Die *Laterna magica,*
Aus anderen Bildern Zauberkunst...
Denn alles, was ich sah,
Erscheint mir abends, unterlegt
Mit Gold und Himmelskühle,
Verklärt zum Bild und sanft bewegt
Von älterem Gefühle...
Mein Inneres erweitert sich
Und tritt aus mir heraus:
Alle Erfahrung bringe ich
In Bildern mit nach Haus.

Nun also Polen. Spät, sehr spät
Geriet es in mein Leben.
Als Rätsel, das sich nicht verrät.
(Vor Zeiten aufgegeben.)
Verschloßne Sprache, sacht versiegelt.
Geheime Zeichen schützen sie.
Der Himmel, den die Wisła spiegelt,
Die Dohle, die im Abend schrie,
Warn mir seit alters her vertraut.
Und andres mehr: die herbe Heide,
Der Sonnenrose gelber Laut
Des Herbstes, den ich lächelnd leide –
Das war sehr nah, doch stumm und blaß
Bin ich durch euer Land gefahren,
Das ich lang scheute. Heilt denn das,
Was euch geschah, in dreißig Jahren?

Ich kann nicht leugnen, deutsch zu sein.
Und deutsch zu denken, deutsch zu sprechen.
Ihr hörtet meine Sprache schrein,
Und willig war sie dem Verbrechen.

O meine Sprache, du mein Leib.
Wenn ich je bin, bin ich in dir.
Und alle Hoffnung, daß ich bleib,
Und alle Kräfte kommen mir
Aus dieser Sprache. Wenn ich schweige,
Schweige ich deutsch. Deutsch ist mein Leben,
Das ich in Worten übersteige,
Um seine Grenzen aufzuheben.

Verzeiht mir, Freunde, diese Liebe
Und daß ich euer Land umfasse,
Als wenn ich eine Sprache schriebe,
Die nie verfalln war eurem Hasse...

Novemberabend

Sing, Vogel in der Erle.
In der Muschel ist keine Perle.
Aber in dir, Vogel, ist noch ein Lied.
Du kannst es aus der Kehle ziehn,
Einen Faden vom Licht, das dich sommers beschien.
Bist du nicht die Ammer?
Dann schmiede, dann schmiede
Den Faden aus Gold zu einem Liede.
Oder bist du die bläuliche Meise
Und swirrst im Novemberabend so leise,
Eintönig wie sommerabends die Grillen?
(Die säumen ein Gewand aus zwei Stillen.)
Also säume den Abend. Der Abend ist kalt.
Und die Kraniche schreien hinter dem Wald
Aus den Sümpfen bis über den Mond.
Der ist von nichts als von Echos bewohnt.
Sing, bis die Enten und Graugänse kommen,
Die haben den Mond in ihr Auge genommen
Und den Stern, der so oder so heißen mag.
Und sie fliegen in die Nacht aus dem Tag
Wie ein Rauch, der schreit, in der Finsternis.
Als ginge durch die Himmel ein Riß.
Vorher sing noch, Vogel, jetzt in der Weide.
Daß das Licht nicht flieht, sondern sanftmütig
scheide.

II

Dunkler Grund

Immer von neuem entsteht die Frage:
Was sollen wir tun?
Es gibt täuschende Tage,
Da scheinen wir in uns, gesichert, zu ruhn.
Wir kennen den Weg und wissen die Wahrheit.
Und die Erde ist ein für allemal rund.
Doch hinter der scheinbar äußersten Klarheit
Gibt es noch einen dunkleren Grund.
Und Zweifel sind möglich und finden uns wieder,
Wenn wir endlich mit uns im reineren waren.
Und so kann es geschehn: unsre süßesten Lieder
Sind gepreßt aus unseren bittersten Jahren.

Wasserscheide

Wenn die Sprache sich leicht ergibt,
Mißtraue ich ihr
Wie einem, der vorgibt, er liebt,
Und will nur liegen bei mir
Und lügt mit lächelnder Lippe
Etwas von *Ewigkeit.*
Worte ohne Gerippe,
Mollusken aus Eitelkeit,
Kriechtiere ohne Gewissen
Schleimen am Sprachgrund hin
Und schieben sich beflissen
Ins Licht und vor den Sinn
Des Tages, der ist finster
An der Wasserscheide aus Zeit.

Im Regen blüht der Ginster
Gelb wie geheimes Leid.

Depression

Ich bin so müde: Kleine Flamme.
Der Hund fängt Fliegen. Regen geht.
Den ich mal segne, mal verdamme.
Und was der Abendwind verweht,
Sind Nichtigkeiten. Kleinstgefühle.
Eiapopei. Bald dies, bald das.
Durchzittert von der Regenkühle,
Biegt sich im Wind das bittre Gras.
Die Kühe weiden unterm Regen.
Ich bin beschirmt und wie zu Haus.
Und auf den breiten Wiesenwegen
Treiben die ersten Pilze aus.
Man könnte ruhig sein und heiter.
Die Welt ist rund und grün verpicht.
Alles ist nur ein *Undsoweiter.*
Und wenns auch trüb ist, ist doch Licht.
Das kommt ja alles nur von innen.
Außen sind Birke, Gras und Stein.
Und doch muß man mit sich beginnen.
Und wenns auch schwer ist, was soll sein?

Trennung

Ich trenne mich von meinen Freunden,
Die ihre eignen Wege gehn,
Ohne nach mir auch nur zu fragen.
Wie viele Jahre sind es? Zehn?
Da glaubte ich noch an die Dauer
Und schwor noch auf die Ewigkeit.
Ich sage das ganz ohne Trauer:
Unwiederholbar ist die Zeit
Und ist vergangen. Freunde *wart* ihr.
Jetzt seid ihr ferner mehr als weit.
Geht euren Weg! Doch eins bewahrt mir:
Dennoch: mir ist es um euch leid.
Man hat ja nicht so viele Freunde,
Daß man sie leicht aufgeben kann.
Und ist man über vierzig, fängt
Nur schwer ein neues Leben an.
Und Freunde finden, das heißt leben.
Verliert man sie, so stirbt etwas.
Ich will euch diesen Tod vergeben.
Und ihr: sprecht von mir ohne Haß.

Kalt

Manchmal bleiben uns nur unsre Leiber,
Um uns zu helfen, uns zu entkommen.
Der Geist ist ein elender Elendaustreiber.
Er hat uns all unsern Glauben genommen.
Nur auf der Brücke im Fleisch ist noch Halt:
Wärme mich. Meine Seele ist kalt.

Juninächte

Schwere Nächte, von Leere schwer.
Nicht weiß, nicht schwarz, aber auch nicht grau.
Juninächte. Ich leide sehr.
Ich leide an nichts, und auch das nicht genau.
Dumpf und umdüstert. Düster und dumpf.
Schwüle. Von nirgends ein Wetterzeichen.
Mondblatt hängt bläßlich am Weidenstumpf,
Den Flugmäuse wie Phantome umstreichen.
Ich habe ein Herz und vielleicht eine Seele.
Doch irgendwas ist mir verlorengegangen.
Kaum noch zu erinnern, daß in meiner Kehle
Einst Lerchen dem Lichte entgegensangen...
Die Nächte sind schwer, sind von Leere schwer.
Weiß nicht und schwarz nicht und auch nicht grau.
Gras ist geschnitten, Heu duftet her.
Gegen drei Uhr kommt Kühle, Schlaf kommt
und Tau.

Tröstung

Ich wende mich an niemand, an das *Nicht.*
Das All. Das Licht. An den Holunder
Vielleicht: die weißen Schäume.
Die Bäume wachsen mächtig.
Und sind von Blüten trächtig
Im Juni. Schwüle Düfte
Schwächen die Lüfte. Süß
Übel. Ich verbüß
Die Träume der Vergangenheit.
Jetzt bin ich außerhalb der Zeit,
Ein Instrument, das ruht. Niemand bewegt es –
Verstimmte Saiten – wenn ein Wind
Von fernher kommt und er erregt es,
Hört es sich an, als weint ein Kind,
Das noch ganz klein ist: Leib, der weint.
Ohne Bewußtsein von der Liebe,
Die über ihm als Tröstung scheint.

Bougainvillea

Mexiko – da gibt es die Blume *Bougainvillea.*
Der Name leuchtet in mir seit Jahren.
Jetzt wäre für mich *die* Gelegenheit,
Das Leuchten der Blume im Licht zu erfahren.

Man will mich *kurz mal hinüberschicken.*
Das ist so phantastisch, wie Träume *sind.*
Aber ich werde zu Hause bleiben.
Zu Hause fürchtet sich mein Kind,

Wenn ich fahre. Es sagt: Da ist Chile,
Krieg ist, und Flugzeuge werden entführt,
Wenn sie nicht in den Ozean stürzen.
Ich habe die Angst des Kindes gespürt,

Als ich den Namen *Mexiko* nannte.
Es wußte genau, wo Mexiko liegt:
In Amerika. Das ist *jenseits* von allem.
Da fliegt man erst hin, wenn die *Freiheit* siegt.

Meine Reden helfen gar nichts dagegen.
Es weiß, was es weiß. Man hat es gelehrt,
Die Welt in Schwarz und Rot einzuteilen.
Soll ich ihm sagen, das ist verkehrt?

Ich werde später hinüberfahren,
Wenn die Zeit, die mir bleibt, nicht dagegen ist.
Ich werde die Bougainvillea besuchen,
Wenn der Sohn seine Mutter nicht mehr vermißt.

Sonnenblick

So kalte Tage: Regenjuni.
Getäuschte Hoffnungen auf Licht.
Doch den Verwünschungen entgegen,
Fällt Sonne ein und unterbricht
Für einen Schein die trübe Kühle.
Ein Wärmelächeln überflieht
Die fast erfrorenen Gefühle
Und heitert sie zu einem Lied
Der Hoffnung: alles endet
Mit einem Anfang. Was geschieht,
Geschieht, wie man die Hand umwendet,
Nicht mehr. Ach, wer erzieht
Uns *vor* dem Tode zu der Weisheit,
Die uns gelassen leben läßt
Und macht aus einem grünen Juni
Auch ohne Sonnenblick ein Fest?

Stammbuchverse III

Reden wir nicht weiter darüber:
Das Leben ist, wie es ist.
Jeder kriegt seinen Nasenstüber,
Den er nicht mehr vergißt.

Alle sehn schrecklich ähnlich aus,
Wenn man genau hinsieht.
Die meisten leben für ein Haus.
Doch manche für ein Lied.

Einton

Heiterer Herbst, und der Sommer war
Um und um Sommer. Nicht jedes Jahr
Ist der Sommer im Norden so sonnenklar,
Wie es dieser war. Die Lerche singt
Gegen Ende September noch in der Frühe,
In der die nächtliche Kühle nachklingt,
Deren Feuchte ich schrittweis im Grase versprühe:
Rubine, Demante, Smaragd, Amaryle –
Flüchtige Schätze am Schlupfloch der Grille,
Die sich den Sommer lang rastlos erregte
Und die stehende Luft mit den Flügeln bewegte.
Eintönig, lastend, von Hitze ummauert,
Schnitt sie den Laut, der im Ohr überdauert
Und nach dem wir uns sehnen, bis die Erde
  sich dreht
Und die Sonne wieder im Scheitelpunkt steht.

Rausch der Vergänglichkeit

Durch alle die leisen Bilder,
Die ich euch male, fährt Lärm.
Am Rande der Landschaft stehn Schilder.
Wenn ich von der Stille *schwärm,*
Grolln Panzer im *background* der Szene;
Und durch den Äther jagt *Überschall.*
Warum ich das nicht erwähne?
Es ist wie überall...
Es heißt, man muß damit leben.
Irgendwann kommt die wirkliche Stille.
Zwar sind wir nicht gottergeben.
Doch geschieht auch nicht unser Wille.
Die Welt wird gepreßt von Zwängen:
Tut der eine dies, so der andere das...
Ich bleibe bei meinen Gesängen.
Als wüßte ich nichts vom Haß.
Die Fasanenschönheit die Birke.
Die Sonne die Dompfaffbrust.
In dem mir vertrauten Bezirke
Herrscht, solange ich herrsche, die Lust,
Und Liebe sei die Empfindung:
Rausch der Vergänglichkeit.
Die Augenblicksverbindung
Von Ewigkeit und Zeit.

Bewegung

Sonne um sieben. September ist wieder.
Monat der Liebe und des Gedichts.
Doch vorbei sind die Jahre der einfachen Lieder,
Des absichtslosen Singsangs um nichts...

Alles ist da, was mich immer bewegte:
Die Birke, Wacholder, das liebliche Licht,
Das mich vorzeiten zu Tränen erregte,
Die tropften tönend in das Gedicht

Und gaben ihm eine leise Bewegung:
Ein Nebengeräusch, das kaum hörbar war,
Doch aus dem Rhythmus der ersten Erregung
Eine zweite und dritte und zehnte gebar.

Geheimnis, dem die Erfinder nachjagen:
Bewegung, die aus sich selber lebt,
Ist nur in den Worten. Man kann sie so sagen,
Daß die Schwerkraft der Seele in ihnen bebt.

Das dritte

Wenn die Verhältnisse bleiben,
Wie sie sind, bin ich frei.
Frei, zu leben, zu schreiben.
Ich brauche nur drei
Dinge: Gewissen,
Daß ich andern nichts nehme –
Ich brauch keine seidenen Kissen
Und kann auch ohne bequeme
Stühle auskommen.
Das zweite: ich darf ohne frommen
Augenaufschlag sagen,
Was ich sehe in unseren Tagen.
Das dritte wäre Liebe,
Damit ich leben bliebe.

Der Amsel

Wie sehr bewundere ich
Die nach Regeln gebauten Gedichte.
Das Metrum bezaubert mich.
Und die richtig gesetzten Gewichte

Machen mich immer versucht,
Die Zeilen nachzuzählen,
Und ich denke: Ei verflucht,
Mußte der Dichter sich quälen!

Wie kann er das leisten: zu fühlen
Und die Gefühle so einzuteilen,
Daß sie das Sonett nicht zerwühlen
Und heilen in vierzehn Zeilen?

Zum Teufel mit den klassischen Formen,
Wenn der Junigrünwind weht
Und der Amsel zersingt mir die schönsten Normen,
Weil er nichts vom Singen versteht!

Er pfeift und eifert vor Sonnentollheit,
Weil er grad pflichtlos ist.
Noch muß er nicht die Zweitbrut füttern,
Die bald sein Lied auffrißt.

Wie heiter und herzlich ist dieser Morgen!
Und ich bin gesättigt von Licht.
Was soll ich mich da um Sonette sorgen?
Ich mach einfach ein Gedicht.

Gesetz

Ein zugereister Jäger hat mir meinen Kater
Erschossen. Gesetzlich nach dem Jagdgesetz.
Früher regierte hier ein Landesvater.
Jetzt sind es *WIRDASVOLK*. Und ich verletz
Die Rechte dieses Potentaten, wenn das Tier
Soundsoviele hundert Meter durch die Wiesen
streicht.
Der Kater wanderte mit mir
Oft weit hinaus. Da, wo sein falbes Fell jetzt
bleicht,
Standen wir manches Mal und machten
Mit Worten kleine Zauberein.
Ach daß wir Dichter nicht dran dachten,
Es könnte ihm gefährlich sein,
Wenn er allein geht. Ich will glauben,
Sie hätten auf mich nicht gezielt ...
Das würden sie sich nicht erlauben,
Weil das Gesetz es nicht befiehlt.

Abend. Pastell

Himmelhellblau. Wolkenränder
Von der Sonne ausgeleuchtet.
Horizont der Rosenbänder.
Doch das Tal vom Dunst durchfeuchtet,
Der dem Wiesenbach entklimmt.
Birken fackeln ab. Die Blätter
Sind vom Nebel klamm und fallen.
Müdes Frühnovemberwetter:
Vor dem Schlaf ein letztes Lallen,
Eh der Traum im Schnee verschwimmt.

Korrespondenz

Der Augenblick, da nichts mehr geht,
Erweitert sich zuzeiten
So, daß man vor dem Abgrund steht.
Finsternis bei den Seiten.

Von oben regnet es zur Nacht.
Von unten nebelt Kälte.
Und eine Eule hat gelacht,
Daß es gespenstisch gellte.

Grüß dich, mein Freund, wie geht es dir?
Nicht lustig, nicht betrüblich.
Genau wie dir so geht es mir:
Nicht nennenswert. Wie üblich.

Echo

Die Kraniche grüßen mich.
Heut ist es zum zweiten Mal.
Natürlich handelt es sich
Nur um ein Warnsignal.
Aber ich glaube daran,
Daß mich die Kraniche kennen.
Wieso sonst fingen sie an,
Meinen Namen zu nennen?
Weil ich ihren Weltallschrei
In meine Verse bannte.
Ich zwang ihn mit Worten herbei.
Auch wenn er die Worte verbrannte,
So furchtbar schlug er ein:
Ein tungusischer Meteorit,
Eine rollende Kugel aus Schrein
Zerschmetterte mein Lied,
Dessen Bruchstücke aber anzeigen:
Gewaltig ist etwas geschehn.
Durch das zertrümmerte Schweigen
Hört man ein Echo gehn.

Lästerung

Die goldenen Dichter mit ihrem Gefolge,
Den Mimen, die rolln deren Worte im Mund,
Als wärn es Dukaten. Sie angehören
Dem Welt-Wortwerte-Verwertungsbund.

Ihre Frauen klirren mit Platinketten
Und sind so satt, daß sie hungrig sind.
Sie treten nur auf an Weihestätten
Und salben mit Myrrhen und Moschus den Wind.

Sie stellen dir für dich sinnlose Fragen:
Kommen Sie nächstens nicht nach Paris?
Ihre Dichter tragen batistene Kragen
Und sind Präsidenten im Paradies,

Im Pen-Club und in Akademien,
Sie verteilen Preise und heimsen sie ein.
Ein poetischer Schächer hat jüngst wo geschrien:
Mit Prämien bekränzt man ein speckiges Schwein.

Tote Liebe

Sonne, schöne Sonne,
Gefährtin meiner Jugend.
Amsel, liebe Amsel,
Die ich kannte, da hatt ich noch Tugend
Und Unschuld zu schweigen.
Zum ersten Mal hörte ich sie,
Als ich siebzehn war. Sang in den Zweigen
Eines Friedhofbaums. So wie nie
Nachher hat sie damals gesungen,
So voll Abend und Abschied der Sonne nach.
Ich liebte einen Jungen,
Von dem keiner mehr sprach.

Ketzerei

Die *Unio mystica,*
Von der es aus alten Büchern erzählt,
Ist für uns Ketzer nicht da:
Wir sind nicht auserwählt.

Kleinere Sympathie
An Stelle brennender Liebe –
Rheumatisch schmerzende Knie –
Kann das alles sein, was uns bliebe?

Meine Freunde fangen mit *Yoga* an.
Nach dem Marxismus indische Kunde.
Ein jeder sucht, wie er leben kann.
Kein zweiter ist im Bunde.

Um uns ist Leere. Wir bauen sie zu
Mit holzgetäfelten Wänden.
Wir sagen einander Genosse und du
Und halten uns *nicht* bei den Händen.

Wenn wir nicht unsere Kinder hätten,
Die wir lieben müssen mit allen Schmerzen,
Wär in uns die Ödnis von Schädelstätten,
Und Pesthäuser wärn unsre Herzen.

Poesie

Müßiges Geschwätz,
Poesie, und was kann sie uns geben:
Wasser, geschöpft mit dem Netz:
Es läßt sich nicht darin heben.

Flüchtig ist die Empfindung.
Vergangen ist sie nicht mehr wahr.
Doch in der Wortverbindung
Hält sie sich manches Jahr.

Dauer kontra Vergängnis.
Trotz dem täglichen Tod.
Lebenslängliches Verhängnis:
Übern Ozean im Boot.

Nationalökonomie

Seltene Tage, da scheint die *Schöpfung* voll
  Harmonie:
Eine einfache Folge von Blüte und Frucht.
Allmenschlich beseligt uns Sympathie.
Und es gibt keine Gründe für Furcht und für
  Flucht.

Welch schönes Land machen wir uns zu eigen!
Nimm nur die grünen Hügel im Norden,
Zu denen Wiesen und Weiden aufsteigen,
Weit, ohne Willkür, so wie geworden.

Unser Wohlsein wächst aus versammelten Kräften,
Die nichts von ihrer Bewegung ablenkt.
Aber wir hängen auch ab von Geschäften,
Bei denen uns niemand um nichts etwas schenkt.

Die blühenden Gärten sind noch nicht verpfändet.
Oder sind sie es doch? Was sind wir noch wert?
Haben wir nicht schon Brot und auch Licht
  verschwendet,
Was, wer denkt, nicht tut, wie der Denker lehrt?

Stimmt noch überein, was wir nehmen und geben?
Sind wir wissend und sehend oder wissentlich blind
Und verbrauchen als sorglose Schuldner das Leben,
Irrgläubig, daß *wir seine* Gläubiger sind?

Gaukelei

Immer warten Menschen auf mich,
Die etwas von mir wollen
Und sagen mir: Wir brauchen dich.
Ich aber spiel zwei Rollen:
Ich unterwerfe mich der Pflicht,
Willfahre dem Verlangen
Und rette mich in das Gedicht
Und suche einzufangen,
Was mir geschieht:
Ich pack die beiden Enden
Und such in einem leichten Lied
Das Schwere umzuwenden.
Ich bin der Gaukler, der Artist,
Der nur Applaus erhält,
Wenn er *über* der Schwerkraft ist
Und nicht zu Boden fällt.

Betongefühl

Nächtliches *happening* im Hause:
Fernsehen oben, Rundfunk unten.
Und ich im Finstern lieg mit bunten
Gedanken da, die mich durchsummen.
Dieweil im Keller Bässe brummen,
Durchheitern mich die hellen Töne,
Die noch nicht Worte sind, doch schon
Mehr als Empfindung: eine schöne,
Der Nacht entstiegne Lichtvision
Von Zukunft, Frühling, grünem Glück,
Gelispel unter Eichenbäumen.
Die Worte falln ins Nichts zurück,
Und ich versuche, *dich* zu träumen.
Aber die Wasserspülung geht.
Im Fernsehn brüllt Begeisterung
So, daß sich mir das Wort umdreht
Zur höhnischen Verherrlichung
Der Leichtbauweise: Freund und Feind,
Froh im Betongefühl vereint.

Erster Februar

In diesem schneelosen Winter,
In dem uns der Frost nicht beizt,
Schmerzen uns Nerven und Zähne.
Und unsere Haut ist gereizt

Von zu frühen lauen Lüften,
Die falsch und gefährlich sind:
Verhängnisvolle Stille,
Wie wenn ein Krieg beginnt.

Was soll uns der Sang der Amsel
Am ersten Februar?
Die Sicherheit ist verloren,
Die sonst gesetzlich war.

Ich liebe das Lied der Amsel,
Das im Märzabenddämmer verrinnt.
Aber so? Ich will es nicht hören.
Dem grünen Wiesenwind

Widersteh ich mit meinen Sinnen.
Der Dunstregen rührt mich nicht an.
Ich laß das Gefühl nicht nach innen.
Nicht, eh seine Zeit begann.

Flüchtiges Selbstporträt

Lasser Zustand aus Schwäche. Nahe der Ohnmacht,
Die das Verantwortungsstreben zersetzt.
Druckabfallsymptome. Die Wirbelsäule
Von provinzieller Kritik verletzt.
Also gebeugt und nichtoptimistisch.
Einfach nur so. Überhaupt nicht wozu.
Halb Lungen-, halb Kiemenatmer: ein Landfisch.
Tendenzlose Sonne: Brutus, auch du.

Nachts

Ich fürchte den Tod.
Ich gebe es zu.
Ich fühlmichbedroht.
Auch du und du,
Ihr habt Angst wie ich
Vor dem Krebs und vorm Krieg.
Das behält man für sich
Und glaubt an den Sieg
Der Vernunft und der Wissenschaft.
Gott geb uns allnächtlich zum Glauben
Die Kraft.

Hypothese

Charakter – das ist Körpersache.
Sobald mein Wohlbefinden sinkt,
Vermindert sich auch mein Charakter:
Flau wie ein Kerl, der heimlich trinkt.
Ich möchte nicht die Hand aufheben.
Die Grenze zwischen Schlaf und Tod
Verwischt sich. Wozu leben?
Von Stumpfsinn und von Erdenbrot?
In solchen Zeiten muß man schweigen
Und warten. Man ist ungerecht.
Wozu denn die Verwüstung zeigen?
Und Mitleid suchen, das ist schlecht.
Der Mechanismus reguliert sich
So oder so doch wieder ein,
Und unser Ich regeneriert sich:
Wir müssen nur geduldig sein.

Revolte

Allmählich hab ich es doch satt,
Das ungebetne Wetter:
Die Erde seufzt schon wassermatt:
Ein überfreßner Fretter.
Novemberstürme neuerdings –
Und das soll Sommer sein?
Was wachsen will und blühen rings
Um mich her fällt mit ein
In meine Flüche: Teufel hol
Den Regen Regen Regen...
Die Schnecken mästen sich am Kohl
Und schleimen auf den Wegen...
Soll jetzt nicht Liebeszeit sein, heiß
Die Nächte und die Leiber?
Die Nächte sind nicht juniweiß,
Sind grau wie faule Weiber.
Wer mag dies Jahr das Wetter machen?
Die hohe Kommission
Hat wohl zu tun mit andren Sachen?
Revolten um den Thron,
Die Kabinette geben sich
Die Klinken in die Hand...
Es regnet regnet fürchterlich,
Und bald ersäuft das Land.

In Gagra

Abends riecht es aus den Gärten nach Rauch,
Nach dem Holzrauch, den ich so liebe.
Die Tage vergehn und die Nächte auch.
Vielleicht, wenn ich immer hierbliebe,
Würden meine Gefühle sich fügen
Und meine Augen sich eingewöhnen.
So aber ist mir, ich müßte lügen
Und würde versuchen, die Welt zu verschönen,
Wenn ich vom Rauch aus den Gärten schreibe
Und schriebe nicht auch über jenes Bild,
Das in jedem Kiosk hinter der Scheibe
Deutlich zu sehn ist: Allweise und mild
Lächelt der *Vater des Volkes* uns an,
Den man vorzeiten verurteilt hat.
Niemand nimmt Anstoß. Und dieser Mann
Entvölkerte eine Millionenstadt.
Das Väterchen! Geschmückt ist sein Bild.
Und in einem Kiosk hängt dicht dabei
Das kolorierte Großkonterfei
Deutscher *Schlagersterne* ... Sanft und wild
Mischen die Zeiten sich. Irrational...
Touristisches Lächeln. Exkurs in Geschichte
Für meinen Sohn. Die nächtliche Qual
Macht mir den Rauch aus den Gärten zunichte.

Öhr

Vollkommene Einsamkeit
Unter so vielen Leuten.
Vollkommen freie Zeit.
Mir ist, als muß ich mich häuten.

Nichts ist mir alles, was ich geschrieben.
Fremd sehen meine Worte mich an,
Die ich durchs Öhr der Dichtung getrieben.
Endete etwas? Und was begann?

Wo ist ein Weg, den zu gehen sich lohnte?
Wo sind die Worte, so ungewohnte,
Daß man sie sagen kann, ohne zu speien.
Lohnt es sich noch, die Worte zu reihen

Und sie im Rhythmus der Dichtung zu schaukeln?
Ist alles Dichten nicht nur ein Gaukeln?
Anstatt mit Ernst von der Sache zu sprechen,
Läßt man den Sinn durch die Zeilen brechen...

Schwer ist das Leben und kennt keine Klarheit.
Vermischt ist alles. Schwarz löscht das Weiß.
Wir balsamieren mit Wortöl die Wahrheit.
Die Wahrheit riecht immer nach Blut und
nach Schweiß.

Irrfahrt

Weißer Oleander, roter Oleander.
Ich fuhr in den Süden, ihn blühen zu sehn.
Blüht rot, blüht weiß. Wars das, worum ich wander?

Was ich suchte, hab ich vergessen.
Was ich finde, suche ich nicht.
Ich finde schwarze Zypressen.

Zypressen, nächtliche Bäume,
Gemacht aus Schatten gegen das Licht.
Eine Birke geht durch meine Träume.

Stammbuchverse IV

Die taube Stummheit hinter der Sprache,
Die man alltäglich spricht.
Das Schluchzen hinter der schrillen Lache.
Das nie entschlüsselte Gegengesicht:

Wenn man älter wird, hat man es nicht mehr eilig,
Über andern den Stab des Urteils zu brechen.
Jede Möglichkeit im Menschen ist heilig:
Das vorletzte Wort – mehr wolln wir nie sprechen.

Später September

Kälte kriecht früh über die Fenster.
Die einfachen Fenster der alten Kate.
An den Scheiben weinen gefangne Gespenster.
Sie weinen eine Wasserkantate:
Mathematische Reihen in Tropfengestalt.
Verschlafen sucht man herauszufinden,
Wie sich die Tränen zu Ketten verbinden.
Man starrt, bis die Scheiben vom Atem erblinden
Und die Chimären des Zwielichts verschwinden.
Nässe schlägt grün aus den Fliederbaumrinden
Und sintert ins Frühgrau, das bleich ist und kalt.

Der Kern

Es muß einen Kern geben,
Zu dem man vordringen muß.
Natürlich: das Leben ist keine Nuß.

So sag doch einfach die Wahrheit:
Wenn es Nacht war, wird es Tag.
Ist das nicht die äußerste Klarheit?
Wer siegte, wer unterlag?

Wenn man gelebt hat, muß man sterben.
Vielleicht ist der Kern der Tod?
Wer wird die Welt erben?
Wer ißt unser Brot?

Werden alle lernen zu denken?
Haben alle dazu Zeit?
Muß man die Menschen lenken,
Damit man sie befreit?

Werden alle Menschen sich gleichen?
Wenn es sein kann, wann wird es sein?
Sprich nicht von Armen und Reichen!
Laß die Frage in dich ein.

Achte nicht auf die Namen,
Sie sind auswechselbar.
Es gingen und es kamen
Die Namen Jahr für Jahr.

Vielleicht ist es der Schluck Wasser,
Den du dem Dürstenden gibst,
Und daß du inmitten der Hasser
Den, den du hassen sollst, liebst.

Ich weiß nicht: was ist der Kern?
Muß es einen geben?
Gibt es nur einen Stern?
Gibt es nur ein Leben?

Empörung

Der lächerliche Kleinkram
Des Lebens belästigt mich.
Die nichtigen Dinge des Tages
Empörn und erheben sich.
Die Küchenmesser verwandeln
Sich in ein feindliches Heer
Und wollen gegen mich handeln.
Die Gläser werden zu schwer
Und fallen zu Boden in Scherben.
Verlegen feg ich sie auf
Und fühl mein Interesse absterben:
Das Verhängnis nimmt seinen Lauf.

Grasnelken

Ich wußte nicht, daß ich diesem Stück Welt
So unwiderruflich verwachsen bin.
Es kam mir bisher niemals in den Sinn,
Daß es mich *wirklich* am Leben erhält.

Ich dachte immer, ich könnte mich trennen,
Wenn ich nur wollte. Das ginge leicht.
Doch jetzt: was mich aus der Ferne erreicht,
Das werde ich niemals gut genug kennen,

Um draus zu leben. Nur dieser Sand
Wandelt mich an, mich in ihn zu legen.
Er ist so arm. Ohne Wetter und Regen
Wird er im Sommer zu Steppe verbrannt.

Doch kenne ich seine Sprache genau.
Das Brechen der Gräser. Ihr bitteres Welken.
Das kümmernde Rosa harter Grasnelken.
Ihr bläuliches Spiel unterm spärlichen Tau.

Vor ihnen muß ich mich nicht vermessen
Und habe nicht Mühe, mich anzupassen.
Ich kann mich einfach fallenlassen.
Sein, wie ich bin, und vergessen vergessen.

Gegen Vergängnis

Ich kann mich nicht auf eure Eitelkeiten
Einlassen. Ich hab keine Zeit
Mehr, mich mit euch zu streiten.
Nichts ist von solcher Wichtigkeit,
Um drum Geräusch zu machen: Sätze,
Nur hingesagt, um zu vergehen.
Ich sehe vor mir leere Plätze,
Da sollen meine Worte stehen
Als Monumente der Vergängnis:
Dauer, gemacht aus Flüchtigkeit.
Das Wort entkommt dem Leibgefängnis
Und überwindet Tod und Zeit.
Doch muß mans stellen in der Stille
Vor einen Hintergrund aus Licht.
Und wie ein Muskel sei der Wille
Einzig gespannt für das Gedicht.

Falter

Es könnte ein Gedicht sein,
Das nur aus *Ach* besteht:
Ein Seufzer wie ein Falter,
Der taumelt und vergeht.

Horizont

Ich schließ die Augen, denn die Zukunft
Will ich nicht sehen. Zu genau
Weiß ich, sie wird in mir vergehen.
Der Horizont ist dämmergrau.
Ich sehe Jahre, lahm, auf Krücken,
Die lauern hinterm Wald darauf,
Daß ich mich krümme. Meinem Rücken
Hucken die Krüppel hurtig auf,
Wenn ich mich beuge, um zu sehen,
Wie sich der Horizont verschiebt.
Es gibt nur eins, zu widerstehen:
Den Tag, die Stunde, daß man liebt.

Zeichen

Wacholder, kleine Zypresse,
Sinistres Geschöpf aus Heidesand,
Bitternis, die ich esse

Mit den bläulichen Beeren im Januar.
Es ist immer noch Abend.
Doch ist es, so scheint es, ein anderes Jahr.

Die Himmelsrosen verbleichen.
Mond und Sterne sind
Trigonometrische Zeichen.

Die Eiszeit der Seele beginnt?

Abkühlung

Daß ich älter werde, merk ich daran,
Nicht daran, daß ich bequemer werde,
Sondern daran: gegen jedermann
Habe ich was: Nörgelei und Beschwerde.

Philosophisch bin ich wohlwollend bewegt
Von allgemeiner Menschenliebe.
Aber praktisch hat sich mein Bedürfnis gelegt,
Mich an Menschen zu binden. Ich bliebe

Am liebsten in meinen vier Wänden.
Die Antriebe sind mir abhanden gekommen,
Mich ohne Rücksicht auf mich zu verschwenden.
Ich habe mich in mich zurückgenommen

Und sitze wie ein Buchhalter da,
Der ein Kapital, im Auftrag, für Zinsen verwaltet.
Ich weiß nicht, wann das mir und was mir geschah.
Bin ich plötzlich oder allmählich erkaltet

Und kann ich noch auftaun? Paläontologen
Haben Gesetze der Eiszeit geschrieben.
Ich habe mich nie gern selber betrogen:
Ich werd nicht mehr auftaun. Ich müßte denn –
lieben.

Polnischer Ahorn

Ich weiß nicht, ob es der Ahorn ist,
Der brennt, oder ist es mein Herz.
Da, wo das Herz wohl hängen muß,
Brennt mich ein rötlicher Schmerz.

Vielleicht, warum nicht, wird es mir ergehn,
Daß ich in Polen vergehe.
Ich habe den blutenden Ahorn gesehn.
Dessen Sprache ich tödlich verstehe.

Keim

Daß es so viele Sprachen gibt,
Erscheint mir manchmal als Fluch.
(Die Menschheit wurde in Babel verflucht,
Heißt es im biblischen Buch.)
Wieviel Mißverständnis ergibt sich schon
Aus einem falsch verstandenen Wort.
Oder sogar aus dem falschen Ton,
Mit dem einer spricht. Es verdorrt
Das Vertrauen, die Freundschaft stirbt
An einem Nebenklang.
Und doch ist, was um Liebe wirbt,
Uns eingeboren als Zwang.
Wir können nur mit dem Leben beweisen,
Wer wir wirklich sind. Also kennen uns nur
Die nächsten Gefährten unserer Reisen,
Die neben uns gehn in der Nachbarspur.
Was drüber hinausreicht, ist nur ein Bildnis,
An dem wir mit unseren Worten bauen
Und das wir entwerfen in einer Wildnis
Von Zweifel und Angst. Doch mit dem Vertrauen,
Daß Wahrheit im Wort ist und immer zu finden
Und daß sie ein Keim ist, der sich befreit
Aus dem Erdreich der Sprache. Nichts kann sie binden:
Sie wächst aus dem Tag und wächst in die Zeit.

Künftig

Jedes Lied, das ich schreibe, ist gegen die Schwäche
Und die Verzweiflung gerichtet –
Und wenn ich scheinbar gelassen spreche
Und lasse die Leiden der Welt unbelichtet,
So heißt das noch nicht, daß *ich* sie nicht leide:
Was immer geschieht, geschieht immer auch mir.
Und wenn ich Aufschrei und Aufruf vermeide
Und schreibe nur, wie ich heute und hier
Zu leben versuche, wie möglich vernünftig
Und so, daß mein Leben nicht Leben verneint,
So heißt das noch nicht, daß mein Lied sich nicht künftig
Mit den Gesängen der Massen vereint,
Die brüderlich werden und zu sich erwachen –
Und einmal wird jeder ein *einziger* sein –
Dann geht mein Lied, neben anderen Sachen,
In die *Gen-Reserve* der Menschlichkeit ein.

Rotdorn

Wir haben zwei Rotdornbäume gepflanzt.
Ich kann sie von meinem Fenster aus sehn.
Als Kind hab ich unterm Rotdorn getanzt,
Und manches Liebe ist da geschehn.

Jetzt haben wir für uns Rotdorn gepflanzt.
Von meinem Fenster aus kann ich ihn sehn.
Ich werd es nicht sein, die unter ihm tanzt.
Und auch das Liebe wird andren geschehn.

Fahrwohl

Das Gelb tut meinen Augen wohl.
Der Herbst ist sanft und abends Regen.
Noch pfeift der Wind nicht sein Fahrwohl.
Noch könnte man sich schlafen legen

In diesen Wind und wär gewiegt,
So kaum, wie es die Blumen biegt,
Die gelben Süßkartoffelblüten.

Wie sich die Pflanzen sommers mühten,
Sich auf den nackten Sand zu gründen,
Um ihn zum Herbst hin zu entzünden!

Das Gelb tut meinen Augen wohl,
Das letzte Gelb der müden Tage.
Noch pfeift der Wind nicht sein Fahrwohl.
Noch ists ein Lied und keine Klage.

Bei Isbor

Da war ich glücklich ohne Grund.
Auf einem Hügel, der grün war. Und
Weiter war nichts. Ein sonniger Tag
Beim alten Isbor im Pskower Land.
(Das war meiner Seele seit langem bekannt.)
Frauen kamen und melkten Kühe.
Ein Kirchlein. Ein Friedhof. Verfallen. Versöhnt.
Und weiter war nichts. Silberne Frühe.
An deren Rande Nachtschwärze dröhnt.
Geschichte gewichtlos: Licht auf der Haut.
Das Gesicht von wildem Flieder umblaut.
Liebe, was ist das. Tod? Was vergeht:
Grün, das im Frühwind den Hügel umweht.

Licht auf Eis

Aj, schönes Wort! Wort, mein Geliebter,
Der mich nicht hört und nicht erhört,
Durch mich hindurchsieht, mich nicht achtet
Und mir mein Leben sanft zerstört
Mit einem Lächeln aus den Augen,
Das mich betrifft und mich nicht meint.
Noch scheine ich ihm nicht zu taugen.
Er geht vorbei, ich bin verneint.
Doch folge ich ihm nach als Schatten.
Und einmal wird er mich erkennen.
Und alle, die ihn vor mir hatten,
Wird er mit mir in mir verbrennen.
Das wird ein Leuchten! Licht auf Eis.
Keiner wird so das Wort entzünden.
So himmelskühl, so höllenheiß.
Jenseits von Zeit und frei von Gründen.

Signale

Den Erdball umfliegen die Stimmen der Dichter:
So vieler Dichter aus so vielen Zeiten.
Ich sehe die Stimmen als kosmische Lichter
Einander sich nähern, einander entgleiten.
Doch wie sie sich nahen, empfangen sie Strahlen
Und senden einander Signale zu:
Sieh her, so verwandelte ich meine Qualen
In Leuchtkraft aus Worten. Und wie siegtest du
Über dich selber? Wie sind deine Zeichen?
Was hast du aus deinem Leben gemacht?
Wir können einander nur redend erreichen
Mit Worten aus Licht in der kosmischen Nacht.

III

Glaube

In Ermangelung eines besseren Glaubens
Glaube ich an mich.
Ich sage mir: Daß du da bist, ist wichtig.
Und: Es geht nicht ohne dich.
Dabei hab ich in Skopje gesehn,
Wie nach dem großen Beben,
Als wärn all die Tode nicht geschehn,
Die Lebenden weiterleben.
Und jeder war wichtig, der da verging.
Und es ging vorher ohne keinen
Von ihnen... Gesprengt ist der Ring.
Nur noch Schatten über den Steinen.
Aber wir haben keine Wahl,
Als an uns festzuhalten.
Bei uns beginnt die Milliardenzahl.
Und wir müssen sie gestalten.

Memento

Für Lars Gustafsson

Immer das Schuldgefühl gegen Orte,
An denen man nur vorüberging.
Immer das Schuldgefühl gegen Menschen,
Mit denen man nichts als ein Lächeln anfing.
Als wär nicht an jedem Orte die Welt.
Und als wäre nicht jeder Mensch ein Wunder.
Wir zeigen einander, wir Seelenerkunder,
Nur Züge von Masken. Wir sehen uns nicht.
Wir fürchten uns vor dem *eignen* Gesicht.
Wir wolln *anders* leben.
Wir wolln *anders* lieben.
Und werden vom gleichen Gesetz getrieben.
Und jede Verzückung und jede Qual
Gibt es auf Erden milliardenmal.

Glück

Solange wir leben, streben wir
Nach dem Sättigungsgrad von Glück,
Bei dem wir verstummen.
Kehren die Worte zurück,
Sind wir schon aus der Woge heraus,
Die uns von uns befreit.
Spricht man das Glück mit Worten aus,
Ist es von uns schon weit
Entfernt. Wir suchen schon
Nach dem neuen Aufschwung ins Nichts.
Glück ist die Explosion von Zeit
An der Überfülle des Lichts.

Liebe

Schöne Nacht und schöner Mond.
Stille nach dem Abendwind.
Der mit mir die Nacht bewohnt,
Ist mir angenehm gesinnt

Und verschafft mir schöne Träume,
Ganz in Rot und lichtdurchschossen,
Und eröffnet in mir Räume,
Die wärn ohne ihn verschlossen.

Nur er kann mich so erheben.
Nur durch ihn erwache ich
Und gewinne großes Leben.
Nur durch *ihn* erfahr ich mich.

Reisen

Man täuscht sich gerne, wenn man reist,
Daß man die Länder kennenlernt.
Man wird getränkt und wird gespeist
Und bleibt in Wirklichkeit entfernt
Von allem, was das Leben ausmacht.
Man buchstabiert die Hinweisschilder,
Und man sieht fremdartige Bilder,
Die man mit Liebe überlichtet,
Denn man ist niemandem verpflichtet,
Und was man sagt, das ist erdichtet.
Und man hat nichts nach Haus gebracht
Als eine vorgetäuschte Freiheit:
Man war von allem losgebunden,
Und alles schien sich zu verändern.
Man hat sein fremdes Ich gefunden.
Und *das* sucht man in fremden Ländern.

Wie sich die Wege wirklich gehen,
Weiß nur, wer sie Jahrzehnte geht.
Wer in ein Land kommt, um zu *sehen*,
Sieht nur, was in Prospekten steht.
Man kann nicht mehr als von sich sagen:
Da war mir wohl. Die Zeit war blau.
Das warn die von den beßren Tagen.
Die hatte ich am *Ala-tau*.

Nacht

Sternennacht nach einem Regentag.
Zufallsgabe nicht gedachter Götter.
Wohl dem, der sich fraglos finden mag
Ab mit Schicksalswurf und Wetter.

In der kosmosklaren Nacht
Ist es schwer, sich zu genügen.
Vor der Sternenübermacht
Fallen alle leichten Lügen.

Anti-Ode

Ich kann keine Oden schreiben.
Ich fürchte mich vor dem Ton
Exaltierter alter Jungfern.
Vor zuviel Begeisterungsphon.

Könnte ich aber welche schreiben,
Schrieb ich die erste nicht
Aufs Vaterland, aufs schöne.
Ich schriebe ein Gedicht

Auf den Geruch von Wäsche,
Die in Frostluft trocknet und bleicht.
Vom Schneeduft der Winterwäsche
Schriebe ich kühl und leicht.

Schuld

Wenn uns wer sterben will, schreckt uns,
Wie Leben sich in Schmerz verwandelt.
Wie es auch war: wir sind in Schuld.
Und nun wird nichts mehr abgehandelt.

Werte

Die guten Dinge des Lebens
Sind alle kostenlos:
Die Luft, das Wasser, die Liebe.
Wie machen wir das bloß,
Das Leben für teuer zu halten,
Wenn die Hauptsachen kostenlos sind?
Das kommt vom zu frühen Erkalten.
Wir genossen nur damals als Kind
Die Luft nach ihrem Werte
Und Wasser als Lebensgewinn,
Und Liebe, die unbegehrte,
Nahmen wir herzleicht hin.
Nur selten noch atmen wir richtig
Und atmen Zeit mit ein,
Wir leben eilig und wichtig
Und trinken statt Wasser Wein.
Und aus der Liebe machen
Wir eine Pflicht und Last.

Und das Leben kommt dem zu teuer,
Der es zu billig auffaßt.

Sterblich

Goethe haßte Brillen.
Heute: wie lächerlich.
Mit Mut und mehr noch mit Willen
Sagte er *wir* von sich.

Er begriff sich selber als Institution
Und maß an *sich* die Zeit.
Ich aber liebe mehr den Ton,
Wenn Hatem sich befreit

Von Frack und Orden und wenn er vergißt,
Daß er *Geheimrat* heißt,
Und wenn er das, was Leben ist,
Sehnsüchtig an sich reißt.

Die kleinen Lieder, die kleinen Sprüche
Gegen die *Ewigkeit,*
Die sündig südlichen Wohlgerüche
Sind über aller Zeit.

Hudhud und *Bulbul,* die Nachtigall,
Und die Rosen im lieblichen Wind
Und die bängliche Frage des Alten: Gefall
Ich dir noch, schönes Kind?

Das ist sehr menschlich. Das Leben singt
Aus einem, der sterblich ist
Und der verzweifelt küßt und trinkt,
Damit er den Tod vergißt.

Unsterblichkeit: schön. Aber tot ist tot,
Auch in der Fürstengruft.
Solange man sieht, ist die Rose rot.
Solange man atmet, ist Luft.

Der Sterbliche stirbt, doch die Rose treibt:
Sie düftet und rötet das Lied,
Solang noch ein Irdischer übrigbleibt,
Der ihm Duft und Farbe entzieht.

Der Rest

Hundskamille und Skabiosen,
Schafgarbe, Blutweiderich
Und die Welt der kleinen Falter,
Fischreiher, Wildentenstrich:
Das fügt sich zu nichts zusammen,
Was sich bilanzieren läßt.
Wollte man es auch berechnen,
Immer bliebe noch ein Rest
Von Geheimnis und von Dunkel:
Was geht uns das alles an?
Doch wir leben *auch* von Dingen,
Die man *nicht* berechnen kann.

Nach wie vor

Ich ging in den Wald. Wollte Grünlinge suchen.
Doch das lodernde Laub der Oktoberbuchen
Im sonnendurchfluteten Wald
Hat mich verwirrt: Wie beschreibt man Farben,
Die fließen wie Honig und Harz
Über Blattstrukturen, die langsam vernarben?
Das Astholz steht dazu schwarz,
Das eigentlich grün ist und überdunkelt
Von Feuchte. Es leuchtet nicht.
Doch in jeder feuchten Blattmulde funkelt
Eine Feder aus springendem Licht.
Ich ging in den Wald. Wollte Grünlinge suchen.
Und brachte nur Worte nach Haus.
Und nach wie vor sah das Laub der Buchen
Unbeschreiblich aus.

Julinacht

In der Stille schlafen die Düfte
Der kleinen Blumen beim kleinen Licht.
Aber leise leben die Lüfte:
Die Rosen schlafen nicht.

Mein Studio

Mein *Studio* ist im Astversteck
Unter der Höhlenkiefer.
Da sitz ich ohne Ziel und Zweck.
Was ich an Worten liefer,
Ist nichts als Spiel und Selbsterhaltung.
Was daraus wird, ist ungewiß.
Doch mühe ich mich um Gestaltung.
Und Licht wird aus der Finsternis.
Der Morgen ist für mich gemacht.
In jeder Frühe bin ich hier.
Aus der geheimnisvollen Nacht
Entflügelt sich das Luftgetier
Mit feuchtem Schwingenschlag. Der Reiher
Beherrscht das Tal. Ich störe ihn.
Wildenten wolln zum Wiesenweiher
Bachaufwärts durch den Nebel ziehn.
Sie fliegen auf, hörn sie mich kommen.
Doch sitz ich still im Baumgeäst,
Kommen sie wieder hergeschwommen,
Und es beginnt ihr Morgenfest
Von neuem. Ich bin eingegangen
In das Gesetz der kleinen Welt:
Der Tag wird leuchtend angefangen,
Wenn nachtkalt noch der Nebel fällt.

Dürre

Die Rosen blühn zum zweiten Mal.
Doch macht der dürre dürre Sommer
Die heidnisch roten Rosen fahl.
Die Rosen dorren und blühn frommer.

Kieferninsel

Eine Insel in der Wiese:
Ein Hügel im Wiesengrund.
Da gibt es seltsame Höhlen:
Vier Kiefern stehen im Bund.
Das sind *entartete* Wesen.
Sie sind verdreht und verzweigt.
Es ist ihnen abzulesen,
Wie die Stürme in ihnen gegeigt.
Sie sind wie Riesenschirme.
Sehr fremd sehn die Bäume aus.
Doch ist unter ihnen gut sitzen:
Jede ist ein Haus.
Brennesseln wuchern am Hügel
In einem giftigen Grün.
Es flirren Libellenflügel
Durchs Dämmern zur Bachhelle hin.
Dann gibt es noch Hasel und Erlen
Und einen Wildrosenstrauch.
Die Wiesendüfte ziehen
Herüber wie Weihrauch:
Der Honigruch von Rotklee
Und der drückende Labkrautduft
Bringen Sonnenatome
In die schattige Luft
Unter den Höhlenkiefern,
Die versprengt sind aus einer Welt,
In der man gerichtete Bäume
Mit Recht für nützlich hält.

Sommer

Die schöne Welt ist mir nichts schuldig.
Sommer ist, und ich schulde ihr.
(Und ich bin blind und ungeduldig.
Und ich befasse mich mit mir.)
Ein Sommertag ohne Verpflichtung.
Und er beginnt mit Morgenglanz.
Und ich verzichte auf die Dichtung.
Sowieso faß ich ihn nicht ganz:
Allein das blaue Natternhaupt,
Das mich schon jahrelang beschäftigt,
Die Haselhöhle, rauh belaubt,
Auf deren Grund das Grün sich kräftigt:
All diese Umsetzung von Licht
In Form und Farbe und Geruch
Ist mir zu schwierig fürs Gedicht.
Man brauchte ein gelehrtes Buch,
Der kleinen Welt gerecht zu werden.
Und was wird mit den andren Erden?

Lied

Die letzte Sonne des Jahres.
Der letzte Schmetterling.
Violett blüht die letzte Distel,
Da wo ich gehe und ging
Im Vorjahr und all die Jahre
Vor diesem letzten Jahr.
Wieder die Abschiedsvorstellung.
Was ist, was wird und war,
Verschwimmt in eines. Verändert
Bin vielleicht nur ich.
Und eines Herbstes septembert
Es ohne mich.
Die letzte Sonne des Jahres.
Der letzte Schmetterling.
Violett blüht die letzte Distel,
Da wo ich gehe und ging.

Oktobernacht

Ich mache ein Gedicht,
Das aus Schweigen besteht.
Löscht meine Worte aus
Und seht: Der Nebel geht
Über die Wiesen. Und droben
Der große Oktobermond.
Die Nacht ist von schreienden Hirschen
Und ihren Jägern bewohnt.
Die Nacht ist völlig windlos.
Keine Bewegung im All.
Bis auf die Birke mit ihrem
Lautlosen Blätterfall.

Morgenstudie

Mein Leben wird mir nicht genügen,
Die Morgenschönheit zu beschreiben:
Kein Morgen ist dem andern gleich.
Ich dürfte sonst nichts treiben
Als Morgenstudien: Lichtvaleurs,
Luftstrom, Luftfeuchtigkeit.
Denn soviel weiß ich schon gewiß:
Aus jeder Jahreszeit
Arbeiten sie den Tag heraus,
Die Tiefe, das Profil,
Die einmalige Harmonie
Von Weltgesetz und Spiel:
Ende August ist es nachts kalt,
So daß das Morgenlicht
In einem Filter feuchter Luft
Zu Strahlensplittern bricht.
Ein goldner Dunst befällt das Tal
Früh zwischen fünf und sechs.
Und selbst der *Klappertopf* steht da
Als reines Lichtgewächs.

Besitz

Meine Birke, mein Bach, meine Wiese.
Was mir nicht gehört, ist mir näher als das,
Was ich wirklich besitze.
Ich liebe mein Haus nicht so sehr wie das Gras
An den Rändern der sandigen Heidewege,
Die unsere Kiefernwälder durchziehn,
Und wie die Wolken von Weidenrosen,
Die violett auf den Kahlschlägen blühn.
Die karge Schönheit des Sandes *gehört* mir
Und gehörte mir schon von Anfang an.
In dieser Welt bin ich aufgewachsen,
Hier war es, wo ich zu sehen begann.
Ein Haus könnte ich wohl überall haben,
Und Länder gibt es, die liebe ich sehr.
Aber würde ich mich woanders eingraben,
Ich schlüge doch keine Wurzeln mehr.
Meine Birke, mein Bach, meine einsamen Wege.
Hier lebe ich mit der Freiheit, zu gehn,
Und bleibe: Ich hab mich noch immer
An der Schönheit des Sandes nicht satt gesehn.

Wegränder

Man lernt nicht mal die Wegränder kennen,
Geschweige denn die Wege.
Die Wegrainpflanzen zu benennen
Und sie in das Gehege
Der Dichtung einzusetzen, fordert
All meine Sinne, will mir scheinen.
Niemand hat mich damit beordert,
Aber mich sehn die kleinen
Und großen Pflanzen an·
In jedem Sommer. Und sie fragen
Mich lautlos: Sag uns, wann
Wirst du uns übertragen
In jenen Aggregatzustand,
In dem wir dauern dürfen?
Ich tu seit Jahren, was ich kann,
Und bin noch bei Entwürfen
Für das ersehnte Sommerbild,
Durch das die Wege gehen,
An deren Rändern heiß und wild
Und stumm Urblumen stehen.

Widerhall

Sobald man sich vom Haus entfernt,
Bemerkt man: Die Erde ist rund.
Und sie ist kosmisch eingesternt
In einen Weltenbund.
Die Schwerkräfte verlagern sich
Aus uns hinaus ins All.
Sagen wir tapfer weiter: *ich*.
Wir hörn den Widerhall.
Die Wirkung, die der Raum uns schafft,
Hört nicht an Grenzen auf.
Kosmisch wird unsre kleine Kraft
Und endlos unser Lauf.

Rose

Das Licht hat in der Rose geschlafen.
Nun kommt es herauf und macht sie reich.
Als sich Rose und Nachtigall trafen,
Schlief das Licht. Und die Rose war bleich.

Phantasie

Heut hat es den ersten Frost gegeben.
Die Georginen erfroren zur Nacht.
Die Wildglockenblumen am Hügel leben:
Der Reif hat ihnen nichts ausgemacht.
Sie scheinen substanzlos: immateriell blau.
Der Frost ist durch sie hindurchgegangen,
Und nun sind allen Blüten aus Tau
Klöppelgewichte eingehangen.
Das Läutgeräusch hat andre Frequenzen,
Als sie die menschlichen Sinne haben.
Doch überwinden wir unsere Grenzen
Mit der erstaunlichsten unserer Gaben:
Die Phantasie läßt die blauen Glocken
Im frostgen Oktoberwind für uns klingen.
Und *sie* kann uns ein Echo entlocken,
So daß wir selber unhörbar singen.

Erkenntnis

Generalnenner des Lebens
Ist und bleibt für immer: der Tod.
Unser Übermut ist vergebens:
Wir kommen nicht los vom *Brot*,
Das wir uns teilen müssen,
Brechen von Hand zu Hand.
Erst wenn wir das sicher wissen,
Haben wir uns *erkannt*.

Die *eine* Rose

Die *eine* Rose überwältigt alles,
Die aufgeblüht ist aus dem Traum.
Sie rettet uns vom Grund des Falles.
Schafft um uns einen reinen Raum,
In dem nur wir sind und die Rose.
Und das Gesetz, das sie erweckt.
Und Tage kommen, reuelose.
Vom Licht der Rose angesteckt.

Orientalisch

Ehe der Abend fällt,
Hab ich fünf Öfen geheizt.
An meinem Platz in der Welt
Hab ich mit mir nicht gegeizt.

Hab einen Kranken gepflegt.
Hab einen Weg angelegt
Für mich zum Orient:
Koran und *Divan* studiert,
Daß es mich brennt.

Ehe der Abend fällt,
Wechseln die Masken mir,
Freude und Trauer auch,
Dreimal und vier.

Klassisch

Alles Vergangene sei uns ein Gleichnis.
Das zu Empfangende bleibe *Ereignis*.
Weisheit, komm über mich,
Wenn wir *vorbei* sind.
Vorher veratme ich dich
An Mund und Maiwind.
Suche noch immer nur
Täuschung und Blendung.
Folge der Menschheitsspur
Mit Sturz und Wendung.
Aber ich späh voraus.
Und vor der Endung
Säubre ich Sinn und Haus
Für die *Vollendung*.

Frage

Wer hat den Drang mir eingezwungen,
Die Welt in Worten nachzubauen?
Wer hat in mich hineingesungen
Beim allerersten Morgengrauen?

Sinn

Wenn ich krank gewesen bin
(Sehr krank und in Krankenhäusern),
Kannte ich gut den Lebenssinn.
Und er war einfach zu äußern:
Licht auf der Haut. Und der grüne Duft
Von Fichtennadelseife.
Und die Freiheit zu gehen in irdischer Luft,
Die ich atmend begreife.
Und Sonnenwärme ist fast schon zuviel
Und ein Ereignis der Morgen.
Und Leben leicht wie ein zielloses Spiel.
Und Hysterie sind die Sorgen,
Mit denen man sich die Tage vergällt
Und die Freude am Dasein vernichtet.

Und wunderbar ist das Bild dieser Welt,
Wenn man es richtig belichtet.

Versuch

Ich hatte mein Kopftuch verloren.
Im Wald. Da ging ich zurück.
Dann hab ich es wiedergefunden.
Rot wie ein plötzliches Glück
Leuchtete es aus dem Dunkel.
Es war schon halbe Nacht.
Das Geflüster des Windes
Hat mich ängstlich gemacht.
Die kleinen Vögel fliegen
Durch die Schonung mit Geräusch.
Sie finden ihre Schlafbäume.
Die Stille wird stiller. Ich täusch
Mir einen Mut vor, halte die Stille aus
Und versuche Nacht und Einsamkeit,
Tausend Schritte entfernt vom Haus.
Über zwei Täler und einen Hügel mit Wald
Ist aber Licht zu sehn:
Das Neonlicht der Straßenlaternen,
Die seit drei Jahren im Vorwerk stehn.
Ein Kinderspiel ist die Einsamkeit,
Wenn Menschen so nahe sind.

Die Kinder spielen manchmal Ende der Welt
Und spielen heimfindendes Kind.

Wolkenmond

Wind geht wieder, Wind geht wieder,
Und die Wolken werden schwerer.
Denn nun ist es schon November.
Schnee am Horizont. Und leerer
Liegt die Landschaft. Aufgeschlossen
Für den weiten Winterblick.
Eben war es noch September,
Und wir haben das genossen.
Nun: das einzige Geschick,
Dem ich mich je unterwerfe,
Nimmt uns mit als Jahreslauf.
Wind geht wieder, Wind geht wieder,
Und der Wolkenmond geht auf.

Frühling

Nimmt man alles in allem,
So verging dieser Winter schnell.
(Schnell verging also unser Leben.)
Die Tage sind wieder hell.
Nur ich bin ein wenig trüber,
Als ich beim Einwintern war,
Ein wenig weiter hinüber
Und kleinerer Hoffnungen bar.
Das Grün geht mir schwerer zu Herzen
Als im vorigen Frühling des Lichts.
Ich leide die läßlichen Schmerzen
Der Einsicht und des Verzichts.

Nur einmal so

Es ist ja nur der Wind, der geht,
Der Wasserwind vom Februar,
Der nach dem Schnee dem Regen weht.
Der Winter, der kaum Winter war,
Zersetzt sich langsam. Unterm Grau
Der Wiesen ist schon Grün zu sehn.
Und manchmal riecht es wie nach Tau
Und so, als soll bald was geschehn.
Und wieder weiß man nicht, was wird?
Man weiß nur: es wird *anders* sein.
Wer meint: *das* wiederholt sich, irrt:
Nur einmal *so* fällt Frühling ein.

Risiko

Es gibt zwei verschiedene Haltungen
Gegenüber dem Leben.
Die eine: Streben nach Sicherheit.
Die andre: Sich über Schicksal und Zeit
Und alles das erheben.

Das Risiko muß man bejahn:
Man arbeitet ohne Seil.
Es macht nichts, wenn man sich außen verletzt:
Innen bleibt man heil.

Das ist die Haltung der Sucher und Finder:
Nicht auf Sicherheit, auf Sinn eingestellt,
Können sie auf fast alles verzichten,
Nur nicht auf ihren Entwurf von der Welt.

Einklang

Man badet nicht zweimal im selben Fluß:
Uralt bewährtes Wissen.
Und dann noch der Satz: Man will, was man muß.
Weisheiten, unzerschlissen.

Wir suchen den Spielraum, der uns verbleibt
Zwischen Gesetzen, die durch uns handeln,
Und suchen das Mächtige, das uns treibt,
In Freiheiten umzuwandeln.

Es läuft auf Unterwerfung hinaus.
Quer dürfen wir uns nicht stellen.
Sonst zerreißt es uns, und die Wege sind kraus.
Es geht nicht zurück zu den Quellen,

Sondern in einen Absturz hinein,
In dem wir spurlos verschwinden.
Und wenn wir lauthals um Hilfe schrein:
Es ist keine Rettung zu finden.

Im Einklang zu sein vervielfacht die Kraft.
Das Lebensgesetz zu verstehen
Ist, was uns über Abgründe schafft,
So daß wir dem Ziel zugehen,

Das uns bestimmt ist. Wir kennen es nicht.
Verborgen ist uns die Endung.
Was macht es? Wir folgen dem inneren Licht,
Unbesorgt um Sieg und Vollendung.

Leben

Ich falle nicht aus Gottes Hand.
Ich halte mich. Ich bleibe fest.
Wann immer mich das Leben fand
Und würgte mich. Ein Rest
In mir blieb ungerührt.
Verführt
Vom Leben, lebe ich.
Und wirfts mich:
Ich erhebe mich.

Winter

Es hat auf die Rosen geschneit.
Die Rosen sterben im Schnee.
Will sehn, daß ich Winter und Zeit
Überblüh und übersteh.

Inhalt

I

II

III

ISBN 3-351-01858-4

7. Auflage 1990

Einbandgestaltung Heinz Hellmis
Mohndruck Graphische Betriebe GmbH, Gütersloh